TIME FOR KIDS

Buen trabajo

Nuestra Tierra

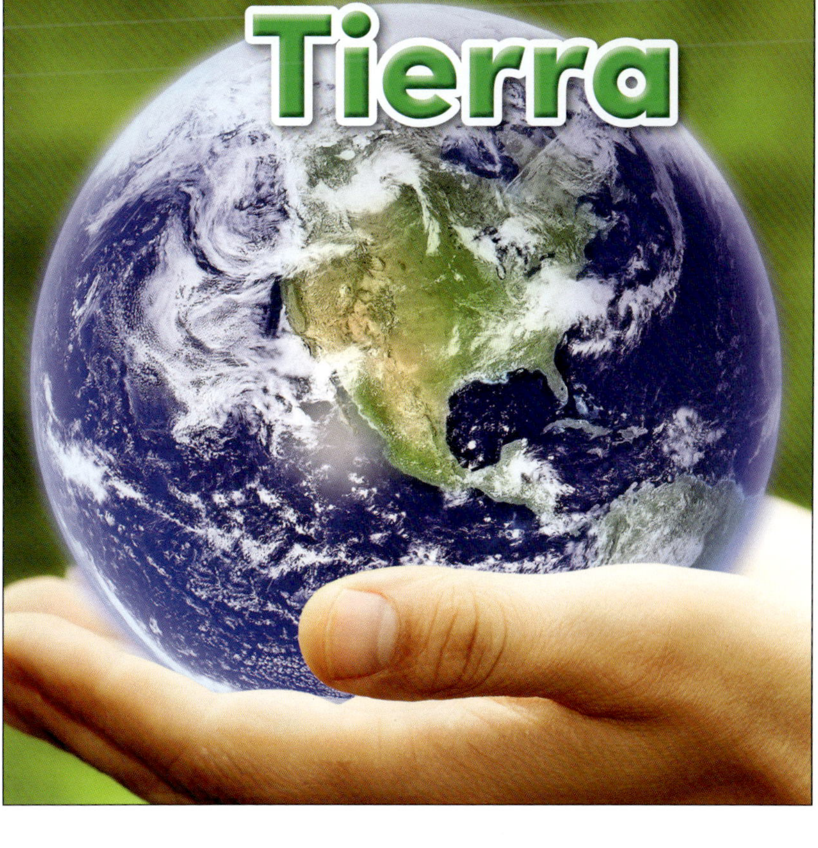

Dona Herweck Rice

Créditos de publicación

Rachelle Cracchiolo, M.S.Ed., *Editora comercial*
Conni Medina, M.A.Ed., *Gerente editorial*
Jamey Acosta, *Directora de contenido*
Dona Herweck Rice, *Realizadora de la serie*
Robin Erickson, *Diseñadora de multimedia*

Créditos de las imágenes: Portada, pág. 1 ©iStock.com/loops7; págs. 3, 12 ©iStock.com/AntonBalazh; págs. 4, 12 ©iStock.com/Leonardo Patrizi; pág. 6 PAUL HANNA/REUTERS/Newscom; pág. 7 Tom Williams/Roll Call Photos/Newscom; pág. 8 ©iStock.com/Savas Keskiner; pág. 9 ©iStock.com/WillSelarep; pág. 10 ©IStock.com/overcrew; pág. 11 ©Corbis Super RF/Alamy; todas las demás imágenes de Shutterstock.

Teacher Created Materials
5301 Oceanus Drive
Huntington Beach, CA 92649-1030
http://www.tcmpub.com

ISBN 978-1-4938-3021-3

Printed by: 51497
Printed in: Taiwan

la Tierra

malo para la Tierra

bueno para la Tierra

malo para la Tierra

bueno para la Tierra

malo para la Tierra

bueno para la Tierra

malo para la Tierra

bueno para la Tierra

Palabras para aprender

bueno

malo

Tierra